PEQUENO MANUAL DE ≈PEIXES≈
MARINHOS E OUTRAS MARAVILHAS AQUÁTICAS

·······························

BEATRIZ CHACHAMOVITS

Companhia das Letrinhas

Copyright do texto e das ilustrações © 2018 by Beatriz Chachamovits

Grafia atualizada segundo o Acordo Ortográfico da Língua Portuguesa de 1990, que entrou em vigor no Brasil em 2009.

Revisão
FERNANDO WIZART
LUCIANA BARALDI

Revisão técnica
PAULA ZATERKA GIROLDO

Capa e projeto gráfico
ALCEU CHIESORIN NUNES

Tratamento de imagem
AMÉRICO FREIRIA

Dados Internacionais de Catalogação na Publicação (CIP)
(Câmara Brasileira do Livro, SP, Brasil)

    Chachamovits, Beatriz
       Pequeno manual de peixes marinhos e outras maravilhas aquáticas / Beatriz Chachamovits ; ilustrações da autora. – 1ª ed. – São Paulo : Companhia das Letrinhas, 2018.

       ISBN 978-85-7406-814-5

       1. Literatura infantojuvenil 2. Livro de atividades 3. Peixes – Literatura infantojuvenil I. Título.

17-09441   CDD-028.5

Índices para catálogo sistemático:
1. Peixes : Literatura infantil 028.5
2. Peixes : Literatura infantojuvenil 028.5

3ª reimpressão

2022

Todos os direitos desta edição reservados à
EDITORA SCHWARCZ S.A.
Rua Bandeira Paulista, 702, cj. 32
04532-002 — São Paulo — SP — Brasil
☎ (11) 3707-3500
www.companhiadasletrinhas.com.br
www.blogdaletrinhas.com.br
/companhiadasletrinhas
@companhiadasletrinhas
/CanalLetrinhaZ

A marca FSC® é a garantia de que a madeira utilizada na fabricação do papel deste livro provém de florestas que foram gerenciadas de maneira ambientalmente correta, socialmente justa e economicamente viável, além de outras fontes de origem controlada.

Esta obra foi composta em Produkt e impressa pela Geográfica em ofsete sobre papel Alta Alvura da Suzano S.A. para a Editora Schwarcz em dezembro de 2022.

≈ BEM-VINDOS, MARUJOS E MARUJAS, CURIOSOS E AVENTUREIRAS, CIENTISTAS E PESQUISADORES DE TODAS AS PARTES! ≈

Neste livro, você encontrará uma mistura fantástica de ciência e imaginação, e assim conhecerá uma das partes mais enigmáticas e encantadoras do nosso planeta: os oceanos e alguns de seus habitantes, os peixes.

E, além de informações sobre os oceanos e diversas espécies de peixes, você também vai poder aproveitar as brincadeiras e imagens para colorir. Então coloque a sua roupa de mergulhador e aproveite a viagem — mas não se esqueça de cumprir as seguintes missões:

- encontrar as criaturas desenhadas ao final da história na imagem maior;
- escrever a história de um peixe já desenhado;
- desenhar o peixe de uma história já escrita;
- inventar seu próprio peixe e sua história;
- colorir todos os peixes que quiser;
- e, por fim, descobrir qual dos peixes deste livro não existe de verdade no planeta Terra.

PRENDA BEM A RESPIRAÇÃO E BOA SORTE!

≈ O OCEANO ≈

O oceano é gigantesco e muito velho, existe há 3 bilhões de anos, uma idade parecida com a da Terra. Como é muito vasto e profundo, conhecemos pouco sobre ele. Afinal, o oceano é tão grande que ocupa a maior parte do planeta. Esse ambiente é a casa de muitas espécies diferentes — e até de algumas que ainda não conhecemos. Ele é tão poderoso que influencia o clima e a temperatura do mundo todo, além de ser responsável por produzir a maior parte do oxigênio que respiramos. O oceano é composto de água, sal e vários outros elementos, que o tornam único e muito especial. Sem ele, não há vida.

O ser humano já deu muitos nomes para o oceano; alguns povos antigos o chamavam de Netuno, certos grupos religiosos o nomearam Iemanjá, e comunidades do Oriente o conheciam como Mazu. Hoje em dia, grande parte do mundo refere-se a ele da mesma maneira, mas por ser tão extenso, ele foi dividido em cinco partes, e cada uma delas tem um nome diferente, além de suas próprias características.

O maior, mais profundo e com clima mais variado é o oceano Pacífico. Ele banha o espaço entre as Américas e a Ásia e a Oceania. Já o oceano Atlântico é considerado o mais importante para os seres humanos, porque é o caminho de grande parte dos navios que transportam pessoas, comidas, bebidas, roupas e tecnologias. Suas águas banham o espaço entre as Américas, a Europa e a África. Por fim, o menor de todos é o oceano Índico. Mas não o julgue por seu tamanho! Seu clima é tempestuoso, e a região banhada por ele, entre a Ásia, a África e a Oceania, é conhecida pela intensidade do fenômeno conhecido como monções. Em suas águas, encontramos uma grande variedade de espécies de **corais**.

Além dos oceanos Pacífico, Atlântico e Índico, os dois polos do planeta são circundados por oceanos que permanecem congelados durante a maior parte do ano: o oceano Glacial Ártico, no hemisfério Norte, e o oceano Glacial Antártico, no hemisfério Sul. O primeiro é muito importante por abrigar animais que vivem apenas naquela região, como o narval e a beluga, e pela pesca realizada em enormes quantidades quando a superfície da água não está congelada. O segundo é considerado uma das zonas mais férteis do planeta, pois possui um fenômeno chamado ressurgência, que leva a água profunda, rica em nutrientes, até a superfície. O aumento na quantidade de nutrientes na superfície faz com que aumente a produtividade do **fitoplâncton** (que já estava ali na superfície, porque é onde bate sol) e, por sua vez, do **zooplâncton**, que se alimenta do fitoplâncton.

Os seres marinhos têm um papel muito importante no equilíbrio deste delicado e rico ambiente. Há milhões de criaturas, conhecidas e desconhecidas, que fazem desse universo aquoso sua casa. E como quem reina por lá são os peixes, que tal conhecer um pouco mais sobre eles? Existem alguns tipos de peixes marinhos, e neste livro vamos falar sobre: os peixes que costumam viver em **cardumes** e nadar livremente pela água; os peixes que vivem perto da costa, em habitats como os **recifes de corais** e a plataforma continental; os peixes que fazem grandes migrações verticais diárias, ou seja, passam o dia em águas muito profundas, onde a luz praticamente nem chega, e sobem à superfície durante a noite para se alimentarem, e, por último, os peixes que passam a vida inteira na escuridão e por isso desenvolveram, ao longo de gerações, a habilidade de produzir sua própria luz, chamada **bioluminescência**.

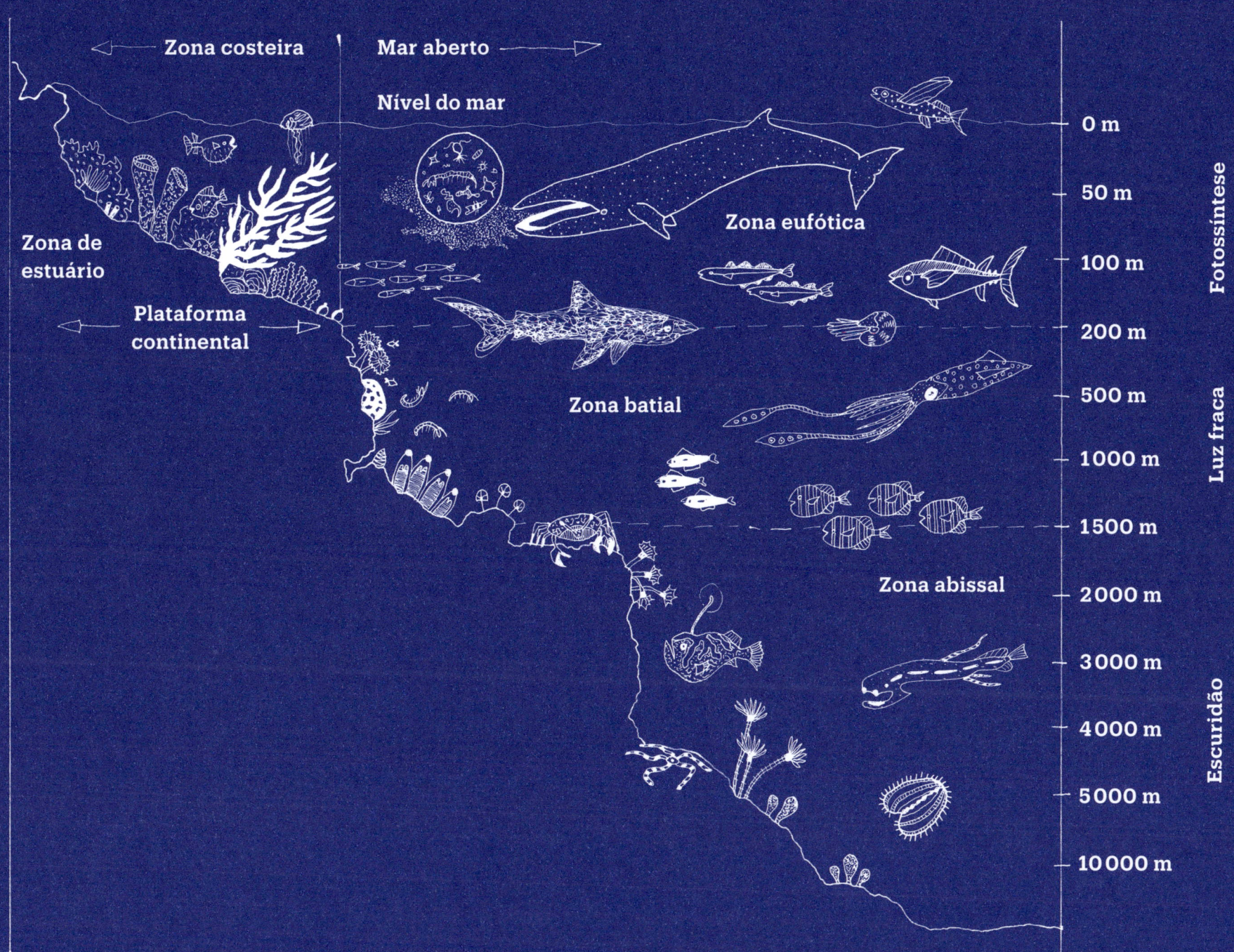

≈ PEIXE-BORBOLETA ≈

Esse gentil e delicado peixe é, em geral, encontrado em águas quentes, em regiões de recifes de coral do mundo inteiro. Intensamente colorido e de comportamento diurno, ou seja, fica acordado durante o dia, ele se alimenta sugando pólipos de corais e mini-**invertebrados** com sua boca alongada. A maioria dos peixes-borboletas escolhe um companheiro para a vida toda, e é comum que sejam avistados em pares, nadando juntos em perfeita harmonia. Como ele é um prato cheio para predadores de todos os tamanhos, possui uma agilidade incrível que foi passada de geração em geração e aperfeiçoada durante milhares de anos, sendo capaz de fazer várias manobras para escapar de seu caçador. Alguns deles têm um ponto preto que parece um olho próximo de suas **nadadeiras** caudais para confundir seus predadores, mas há quem diga que é para atrair as fêmeas.

ENCONTRE AGORA MESMO:

CAMARÃO

CARANGUEJO

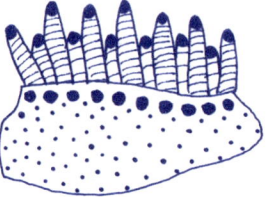
ANÊMONA-DO-MAR

BAIACU

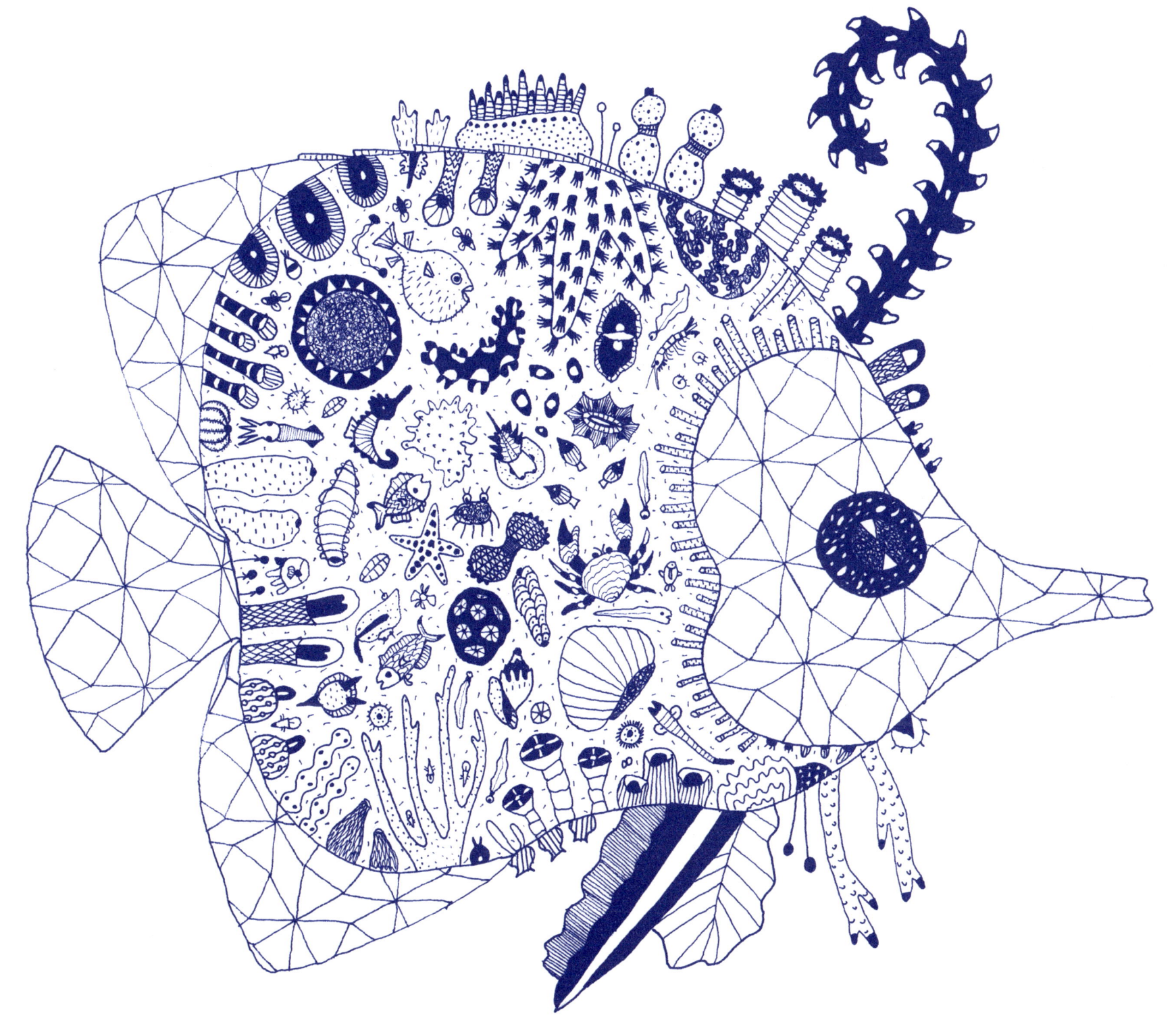

≈ BAIACU ≈

Esse peixe tem um formato muito estranho e, apesar de parecer indefeso, é a casa de bactérias produtoras de um dos venenos mais tóxicos do mundo. Um baiacu contém veneno suficiente para matar trinta seres humanos adultos e não existe um antídoto conhecido. Essas toxinas ficam armazenadas nos órgãos e na pele desse peixe. Ele nada muito devagar e meio desajeitado, talvez por isso possui a curiosa habilidade de expandir seu corpo quando se sente ameaçado, revelando seus espinhos, o que o torna ainda menos apetitoso para qualquer predador curioso. Essa espécie se alimenta de **algas** e de alguns invertebrados, como os nudibrânquios, pequenas lesmas marinhas venenosas que pintam o solo marinho das mais variadas cores.

ENCONTRE AGORA MESMO:

CORAL MOLE

LAGOSTA

NUDIBRÂNQUIOS

PEIXE-PORCO

≈ PEIXE-PORCO ≈

O peixe-porco pode parecer tranquilo, mas não se engane com sua aparência exuberante: ele é conhecido por ser muito bravo. Algumas espécies possuem três grandes espinhos na cabeça para se defender de predadores e intrusos. Seus dentes são muito resistentes, capazes de triturar a concha mais dura e o ouriço mais espinhoso, o que o torna um carnívoro voraz. Habitante dos oceanos tropicais, vive perto de **costões rochosos** e de recifes de coral, onde se esconde à noite para dormir. Um dos fatos mais interessante sobre essa espécie diz respeito à sua reprodução: a fêmea enterra os óvulos na areia e em seguida o macho os fertiliza, formando ovinhos com novos peixes. O peixe-porco tem esse nome devido ao som que emite ao ser retirado da água, muito parecido com o guinchado de um porco.

ENCONTRE AGORA MESMO:

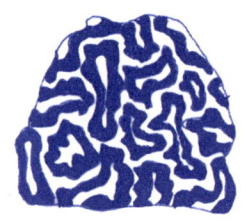  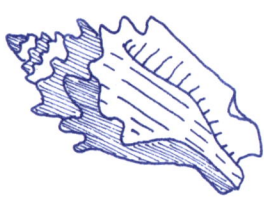 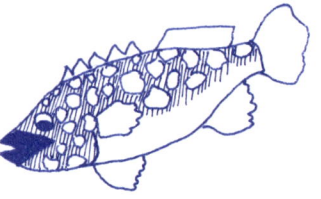

CORAL-CÉREBRO — OURIÇO-DO-MAR — CONCHA — GAROUPA

GAROUPA

A garoupa é um peixe incrível! Ela pode ser encontrada em vários ambientes, como estuários, manguezais, costões rochosos, recifes de coral e naufrágios. Nos recifes, ela é um dos maiores peixes, pode ser até do tamanho de um carro! Esse peixe se esconde em buracos embaixo de rochas e corais que ele mesmo cava com sua grande boca. Sua mandíbula e suas **brânquias** formam um poderoso sistema de sucção que puxa a presa para dentro da boca, mesmo que haja uma boa distância entre elas; em seguida, a garoupa engole sua presa por inteiro, sem nem mastigar. Os machos maiores podem chegar a 2,4 metros de comprimento e pesar mais de duzentos quilos. Todas as garoupas nascem fêmeas, mas possuem a habilidade de mudar o sexo quando amadurecem, ou seja, podem virar macho! Isso acontece quando o líder de um cardume morre e não há nenhum outro macho disponível para assumir o seu papel, então a maior fêmea do grupo se transforma em um peixe garoupa macho.

ENCONTRE AGORA MESMO:

CAVALO-MARINHO

ESPONJA-DO-MAR

BOLACHA-DO-MAR

LINGUADO

≋ LINGUADO ≋

O linguado é um exemplo maravilhoso da adaptação dos animais ao meio ambiente, uma vez que seu corpo muda drasticamente conforme ele cresce. Quando o linguado nasce, possui um olho de cada lado do corpo, igual à maioria dos peixes, mas, com apenas dez dias de vida, um dos olhos começa a migrar para o outro lado da cabeça, seu corpo afina e a boca permanece na posição original. Seu lado sem olho é o seu "lado de baixo", pois é o lado que fica em contato com a areia no fundo do mar, perde a cor e fica com a pele mais grossa. Esse processo de transformação é chamado de **metamorfose** assimétrica, e é fundamental para sua defesa, já que ele vive enterrado na areia ou na lama, praticamente invisível, e com os dois olhos para cima, conseguindo enxergar a chegada de uma presa ou de um predador. Um de seus petiscos favoritos são os crustáceos minúsculos conhecidos como pulgas-da-água, que vasculham o solo marinho atrás de **plânctons** para comer.

ENCONTRE AGORA MESMO:

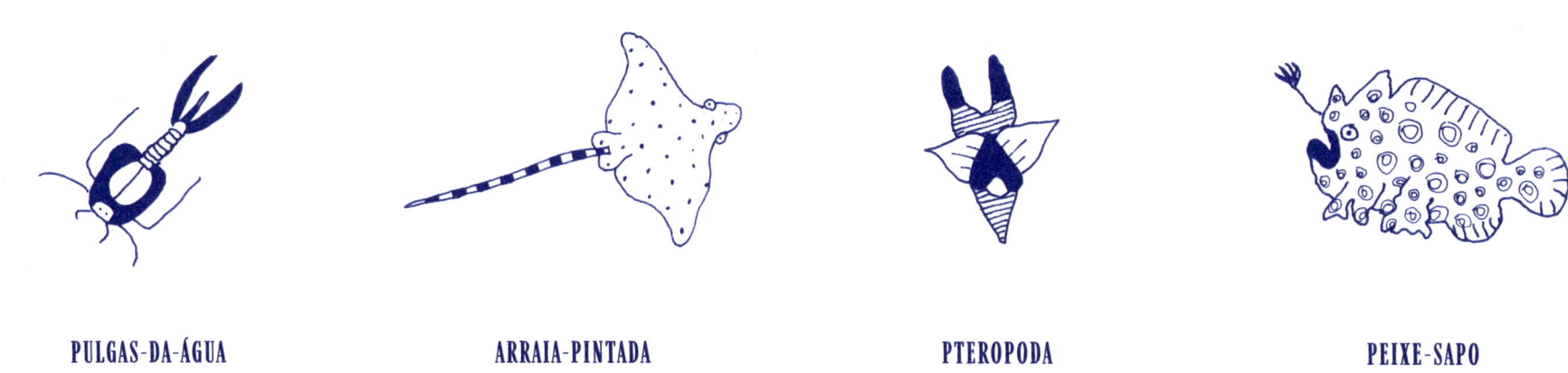

PULGAS-DA-ÁGUA   ARRAIA-PINTADA   PTEROPODA   PEIXE-SAPO

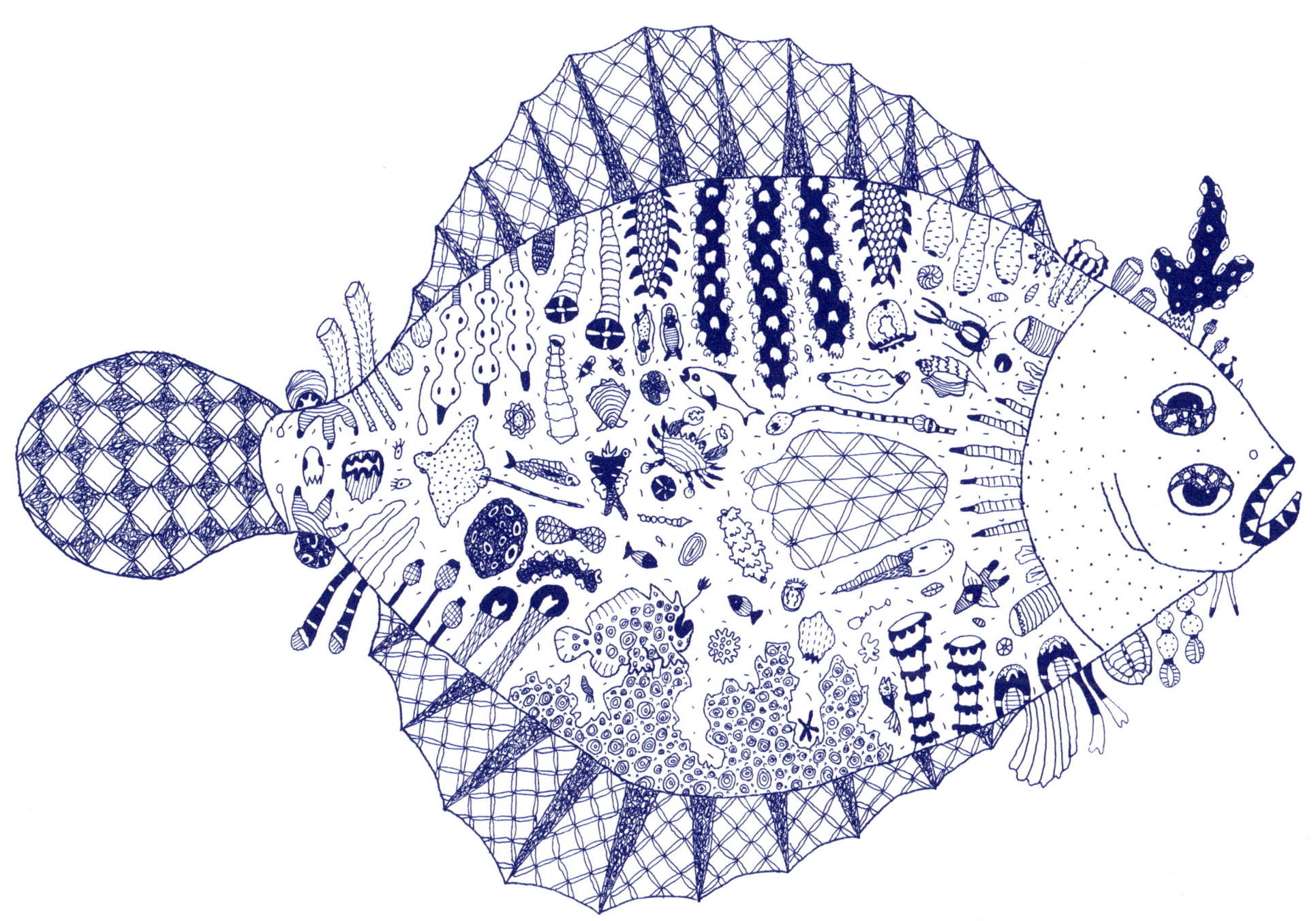

≋ PEIXE-SAPO ≋

O peixe-sapo é muito fascinante e tem um jeito bem curioso de atrair sua presa. Possui na cabeça uma vara com uma isca falsa na ponta que, dependendo da espécie a ser caçada, simula uma minhoca, um peixe pequeno ou um camarão. Ele se esconde entre corais e algas, em cima de esponjas-do-mar ou na frente de buracos rochosos e fica lá sem se mexer, apenas balançando sua isca até que algum peixe se interesse por aquela "comida fácil" e seja engolido pelo peixe-sapo. Sua boca é tão grande que cria um vácuo quando ele a abre muito rápido, sugando a presa, mesmo que ela seja até duas vezes maior que ele. Outra habilidade incrível de algumas espécies de peixe-sapo é a capacidade de se **camuflar**, copiando a cor, o padrão e a textura do lugar onde mora, dificultando a visão de predadores — e também de pesquisadores. Além de tudo isso, o peixe-sapo ainda consegue andar! É um dos poucos peixes que tem nadadeiras que funcionam como patas, possibilitando uma caminhada pelo fundo do mar.

ENCONTRE AGORA MESMO:

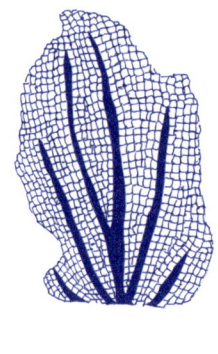

CORAL GORGÔNIA

ESTRELA-DO-MAR

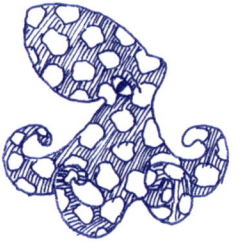

POLVO

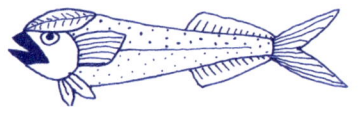

RÊMORA

≈ RÊMORA ≈

Sempre grudada em animais que nem conhece, a rêmora é o único peixe que possui uma **ventosa** na cabeça capaz de abrir e fechar para se fixar ao corpo de outros animais marinhos. Assim, ela consegue uma carona para poder viajar longas distâncias, se proteger e se alimentar sem esforço dos restos de comida e das fezes desses animais. Existem dois grupos de rêmoras. As de mar aberto, que se associam a animais específicos, como raias-mantas, tartarugas, tubarões e baleias, e as rêmoras de recife, que são vistas em diferentes animais — e até em cascos de navios naufragados!

ENCONTRE AGORA MESMO:

PEPINO-DO-MAR

NÁUTILO

CONCHA BIVALVE

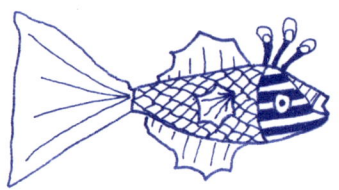

PEIXE-PAVÃO

≈ PEIXE-PERIQUITO ≈

O peixe-periquito tem esse nome porque possui uma cauda enorme e um padrão de pele exótico que vibra quando se movimenta. Ele usa a cauda para atrair a fêmea em um intenso ritual de acasalamento. Misturando dança e luta, esse peixe afugenta seus adversários com cabeçadas enquanto mexe sua cauda colorida com muito ritmo. O vencedor terá a chance de procriar, porém, com tanto esforço físico, ele acaba morrendo logo após a cópula. Enquanto isso, o peixe perdedor sobrevivente pode tentar mais uma vez em um novo ritual. Os machos apresentam uma fortificação de cálcio semelhante a um chifre na parte superior da cabeça, que funciona tanto na defesa como no ataque. Esses peixes se alimentam principalmente de pequenas partículas orgânicas que pairam na água do mar.

ENCONTRE AGORA MESMO:

CANETA-DO-MAR

SIBA

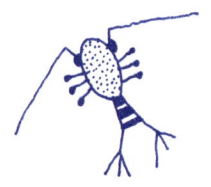

COPÉPODE

BARRACUDA

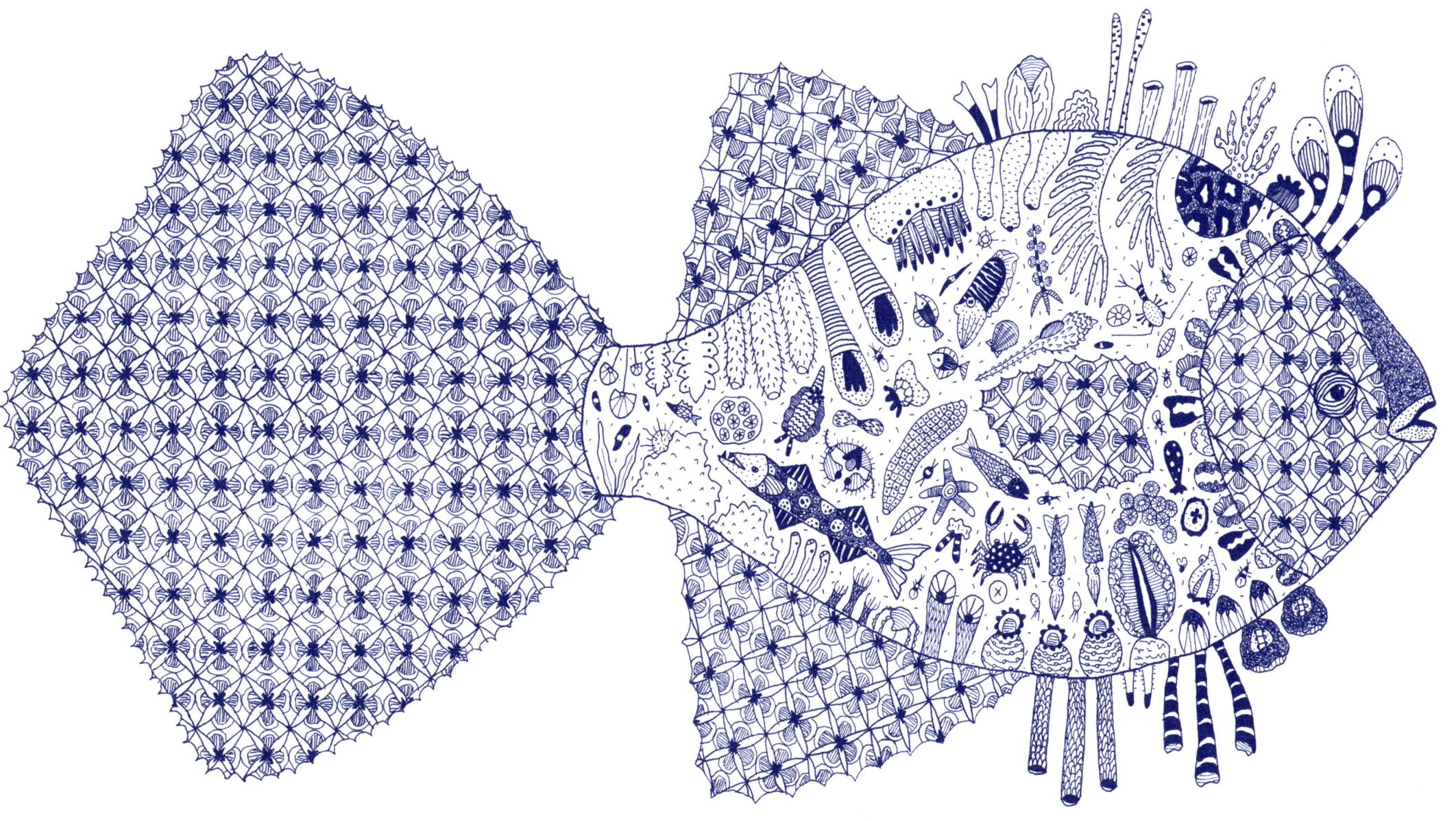

≋ BARRACUDA ≋

Alongada e agressiva, a barracuda adulta vagueia sozinha pelos recifes de corais ou próxima à superfície em canais de mangue, à procura de sua próxima refeição. Como sua visão não é das melhores, ela consegue encontrar sua presa graças aos reflexos da luz. Sua comida favorita são os peixes prateados, que brilham intensamente ao serem expostos aos raios de sol. Os dentes da barracuda são enormes e muito afiados; ela os usa para arrancar pedaços da carne de suas presas. Seus dentes imponentes e seu tamanho fazem com que a barracuda seja a predadora dominante em seu meio ambiente, caçada apenas pelas orcas e por tubarões grandes.

ENCONTRE AGORA MESMO:

CORAL ACROPORA

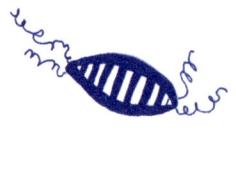

OVO DE TUBARÃO

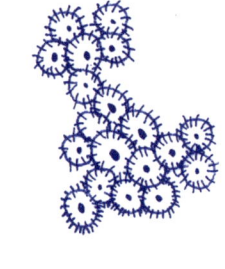

CORAL ZOANTHUS

PEIXE-VOADOR

≈ PEIXE-VOADOR ≈

O peixe-voador habita as águas quentes de todo o planeta. Ele usa suas nadadeiras peitorais alongadas para planar acima da superfície do mar. Acredita-se que essa habilidade apareceu cerca de 66 milhões de anos atrás, facilitando o escape de predadores velozes, como atuns, tubarões e golfinhos. Para decolar, o peixe-voador ganha alta velocidade embaixo da água (chegando a cerca de sessenta quilômetros por hora), então salta para fora (a uma altura de até seis metros), abre suas nadadeiras e plana por até quatrocentos metros. Quando começa a se aproximar da superfície do mar, bate sua nadadeira caudal contra a água bem rápido para ganhar mais tempo de voo. Embaixo da água, ele nada com suas "asas" dobradas, e só as abre quando se sente ameaçado. Esses peixes costumam se juntar em cardumes numerosos e são facilmente atraídos pela luz. Pescadores tiram vantagem disso, montando armadilhas com uma luz sedutora dentro de uma canoa com água o suficiente para que os peixes sobrevivam, mas não o suficiente para que consigam pular do barco. Desse jeito são capturados aos montes.

ENCONTRE AGORA MESMO:

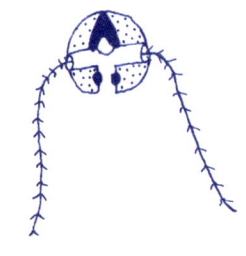
CARAMBOLA-DO-MAR

GLAUCUS ATLANTICUS

ÁGUA-VIVA

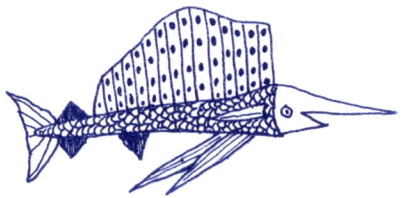
AGULHÃO-BANDEIRA

≈ AGULHÃO-BANDEIRA ≈

Habitante do **alto-mar**, o agulhão-bandeira é conhecido por sua velocidade magnífica ao caçar peixes de cardume como a anchova e a sardinha ou moluscos como a lula-de-humboldt e o argonauta. Sua nadadeira dorsal parece uma grande vela que se estende por quase todo o seu corpo. Quando o agulhão-bandeira está nadando, a nadadeira fica dobrada para aumentar sua agilidade, mas, quando ele se sente ameaçado, a levanta, para parecer maior e assustar seus predadores. É um peixe muito visado pelo ser humano na **caça esportiva** por causa de sua força e rapidez.

ENCONTRE AGORA MESMO:

 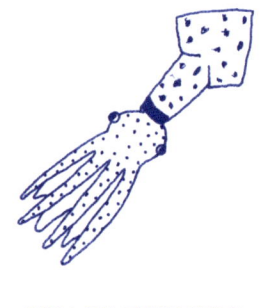  

ARGONAUTA LULA-DE-HUMBOLDT ANCHOVA PEIXE-DIABO-NEGRO

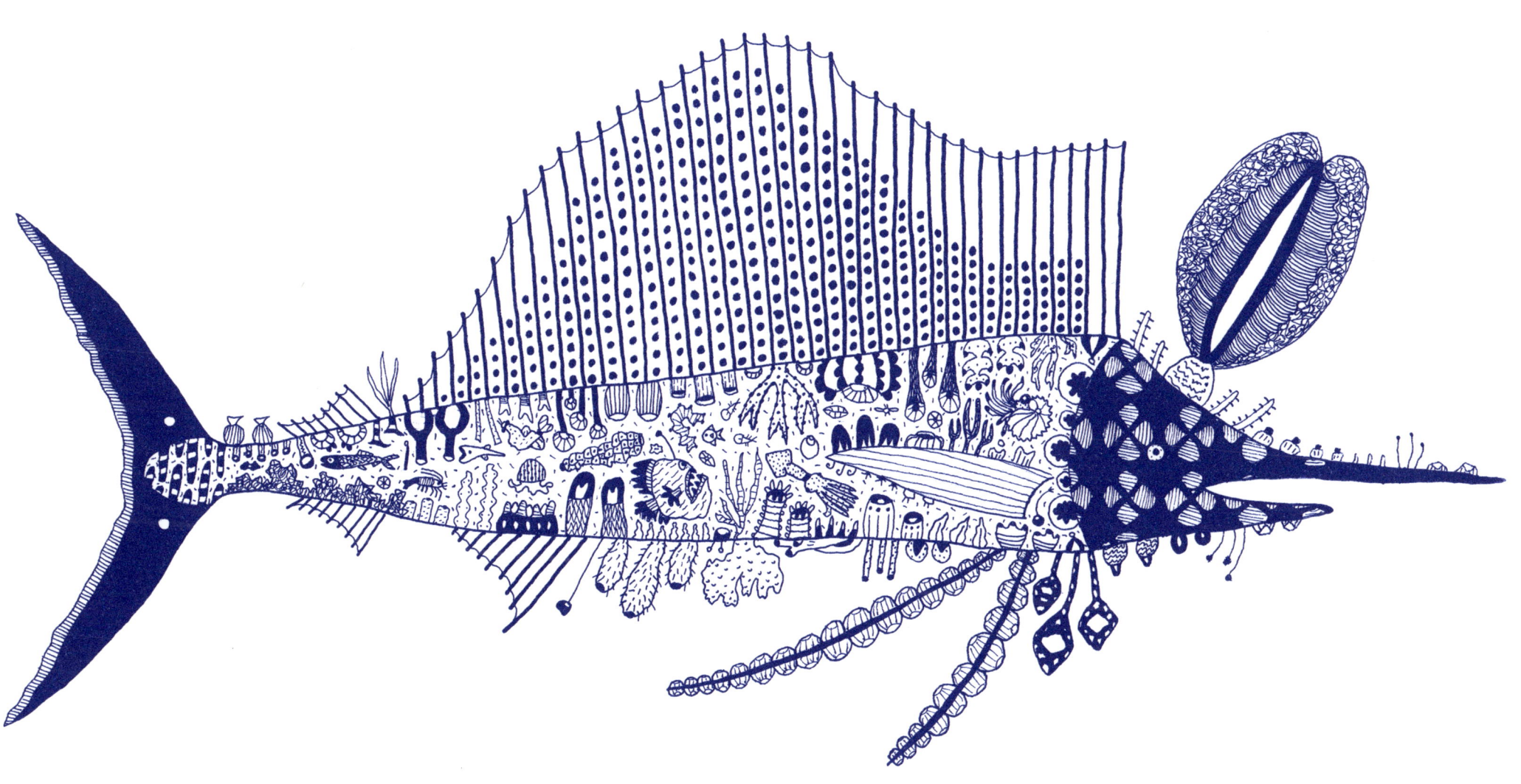

≈ PEIXE-DIABO-NEGRO ≈

Nas partes mais profundas do oceano, onde a luz do sol não chega, vivem criaturas assustadoras que produzem sua própria luz. O peixe-diabo-negro é uma das **espécies abissais** mais conhecidas, e é bem esquisito e pequeno — a fêmea chega a medir no máximo vinte centímetros. No topo da cabeça, ele tem uma antena que se ilumina devido a órgãos bioluminescentes chamados fotóforos, que são capazes de produzir e emitir luz própria. O peixe-diabo também tem dentes afiados, uma boca enorme, olhos pequenos, um estômago elástico e **sensores de movimento** pelo corpo; e a fêmea dessa espécie é uma poderosa predadora que se utiliza da técnica da emboscada, conseguindo comer peixes muito maiores que ela. O macho é bem menor, com cerca de três centímetros, e muito diferente da fêmea. Com olhos maiores e uma **glândula olfativa** superdesenvolvida, ele procura sua parceira pela escuridão. Quando um macho encontra uma fêmea, ele morde a barriga dela e se transforma em um **parasita**, passando o resto da vida grudado nela, retirando seus nutrientes e atuando apenas como um órgão reprodutivo.

ENCONTRE AGORA MESMO:

LULA-VAMPIRA-DO-INFERNO   SIFONÓFORO   POLIQUETA   PEIXE-OGRO

 # PEIXE-OGRO

PARA ESCREVER

Este é o peixe-ogro! Agora é a sua vez de pesquisar sobre esse peixe assustador e depois escrever sua história aqui.

_____ _____
_____ _____
_____ _____
_____ _____
_____ _____
_____ _____
_____ _____

ENCONTRE AGORA MESMO:

VERME TUBULAR GIGANTE

CARANGUEJO-ARANHA

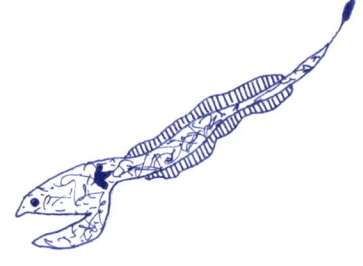

ENGUIA PELICANO

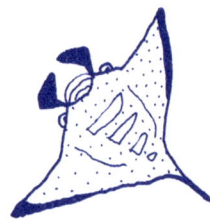

ARRAIA-JAMANTA

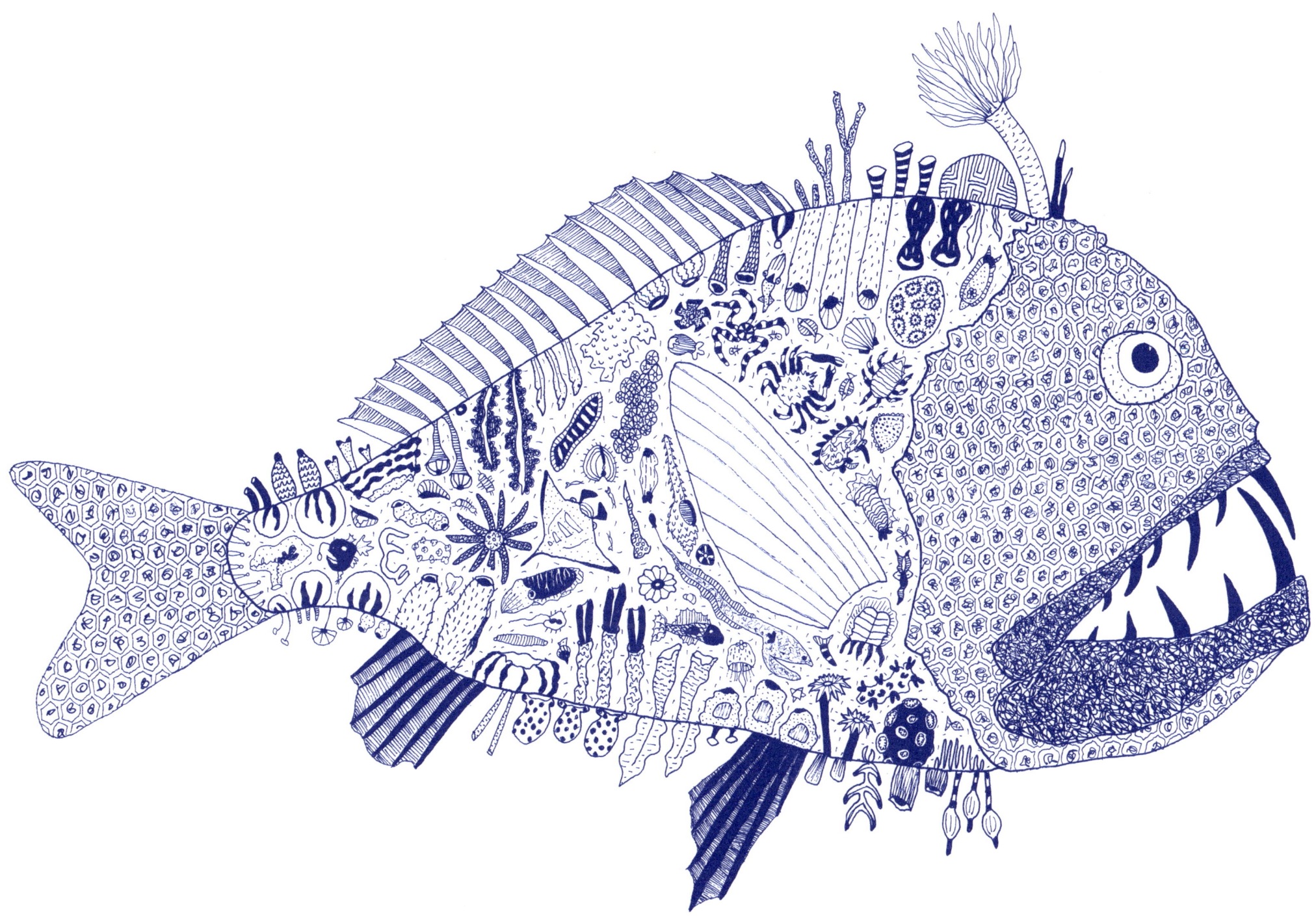

 **PEIXE-LANTERNA**

Agora é a sua vez de desenhar o peixe-lanterna! Que tal inserir outros animais marinhos dentro dele, como um agulhão-bandeira?

O peixe-lanterna é um dos seres mais comuns de se encontrar nas profundezas marinhas de todo o planeta. Existem cerca de duzentas espécies diferentes dele. Além de ter um formato parecido com uma lanterna, seu corpo e sua cabeça são repletos de órgãos bioluminescentes (os mesmos fotóforos do peixe-diabo-negro!). Esse peixe é conhecido por um comportamento chamado migração vertical: ele passa o dia todo em águas profundas e, à noite, chega perto da superfície para se alimentar. Dessa forma, ele consegue alcançar os plânctons, sua principal fonte de alimentação, e se proteger de predadores. Outra informação curiosa sobre esse peixe é que algumas espécies se reproduzem o ano inteiro, e cada peixe-lanterna pode fertilizar dois mil ovos. Por isso são tão abundantes, servindo de alimento para espécies maiores, como o agulhão-bandeira.

≈ CURIOSIDADES ≈

≈ Existe uma ciência chamada taxonomia que classifica todos os organismos do nosso planeta em categorias: reino, filo, classe, ordem, família, gênero e espécie. Agulhão-bandeira, por exemplo, é o nome popular dado a uma espécie de peixe. Ele pertence ao reino *Animalia*, ao filo *Chordata*, à classe *Actinopterygii*, à ordem *Perciformes*, à família *Istiophoridae*, ao gênero *Istiophorus* e sua espécie é *Istiophorus platypterus*. Outros peixes podem pertencer ao mesmo reino, filo, classe, ordem, família e gênero do agulhão-bandeira, mas sua espécie se refere exclusivamente a ele.

≈ O peixe-borboleta é o nome popular das espécies que pertencem ao gênero *Chaetodon*. Os peixes que pertencem a esse gênero possuem características parecidas, como o formato alongado da boca e as cores de suas escamas. À noite, sem a luz para refletir as cores brilhantes do peixe-borboleta, sua aparência é mais discreta, e ele se mistura à paisagem escura.

≈ Peixe-periquito: Vocês já tinham ouvido falar desse peixe? Ele tem uma beleza exuberante, mas infelizmente você não vai conseguir encontrá-lo pelos mares. Afinal, esse peixe não existe de verdade! Você já tinha adivinhado que era esse o peixe inventado? Ou tinha apostado em outra espécie?

≈ Baiacu é o nome popular dado a cerca de 150 espécies de peixes capazes de inflar o corpo quando se sentem ameaçadas. Três famílias de peixes conseguem fazer isso: *diodontídeos*, *triodontídeos* e *tetraodontídeos*.

≈ O baiacu é considerado uma iguaria na culinária japonesa. Conhecido como *fugu*, o baiacu precisa começar a ser preparado ainda vivo para não envenenar os clientes. Os restaurantes precisam de uma licença especial para poder servir o peixe.

≈ Peixe-porco é o nome popular dado a cerca de quarenta espécies de peixes da família *Balistidae*. Os membros dessa família têm a habilidade de girar seus olhos independentemente, assim como o camaleão!

≈ Garoupa é o nome popular dado a várias espécies da família *Ser-*

 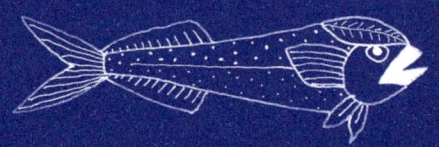 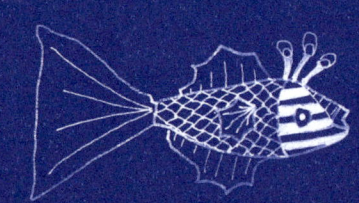  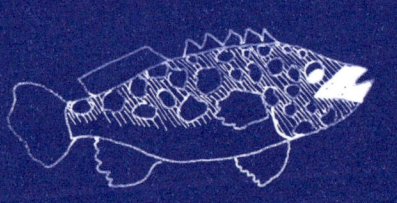 

raniedae. Por ser um grupo grande, as características das espécies diferem muito. O mero-gigante (*Epinephelus lanceolatus*) é uma das espécies da garoupa.

≈ Linguado é o nome popular usado para se referir a espécies que sequer pertencem à mesma família. Os peixes dessas espécies diferentes são chamados assim por terem três características fundamentais em comum. São cinco famílias de peixes com corpo achatado, cabeça assimétrica e olhos do mesmo lado da cabeça: *Achiropsettidae*, *Bothidae*, *Paralichthyidae*, *Pleuronectidae* e *Samaridae*.

≈ Peixe-sapo é o nome popular dado a cerca de 49 espécies da família *Antennariidae*. Esses peixes são parentes de peixes abissais como o peixe-diabo-negro. O peixe-sapo apresenta diferentes estratégias de sobrevivência. Algumas espécies se camuflam e outras apresentam **mimetismo**, o que dificulta que seus predadores consigam enxergá-lo.

≈ Rêmora é o nome popular dado às espécies da família *Echeneidae*. Se esse peixe nadar para a frente, ele gruda em outro peixe e pega uma carona, mas, se nadar para trás, ele desgruda e segue seu caminho. Que bela habilidade!

≈ Barracuda é o nome popular dado às espécies da família *Sphyraenidae*. Esses peixes são atraídos por objetos brilhantes! Então, se for dar um mergulho em seu habitat, cuidado! Nada de entrar na água com relógio, pulseira, brinco ou qualquer outro objeto que reflita luz, pois as barracudas podem ficar curiosas demais.

≈ Peixe-voador é o nome popular dado a cerca de setenta espécies da família *Exoceotidae*. Quando filhotes, esses peixes parecem plantas aquáticas, o que ajuda sua sobrevivência nessa fase tão delicada de sua vida.

≈ Peixe-diabo-negro é o nome popular dado a cinco espécies da família *Melanocetidae*. Já foram encontradas fêmeas de algumas espécies com mais de seis machos grudados! Como é fabuloso e interminável o universo marinho!

  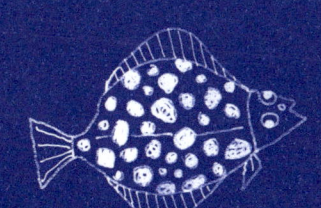   

≈ GLOSSÁRIO ≈

.... A ....

ALGA: planta marinha que existe em todos os tamanhos. É responsável por produzir oxigênio, além de alimentar e dar abrigo para grande parte dos seres marinhos.

ALTO-MAR: região do mar afastada do litoral.

.... B ....

BIOLUMINESCÊNCIA: capacidade de emitir luz própria.

BRÂNQUIA: estrutura respiratória da maioria dos animais aquáticos, responsável por fazer as trocas gasosas entre o sangue e a água.

.... C ....

CAÇA ESPORTIVA: prática de perseguir e matar animais selvagens apenas por diversão.

CAMUFLAR: se esconder; alterar a aparência de acordo com o meio ambiente para passar despercebido.

CARDUME: conjunto de peixes.

CORAIS: animais com esqueleto calcário externo. Costumam ser coloridos e se agrupar em colônias, os chamados "recifes de corais", mas também podem ser encontrados solitários.

COSTÃO ROCHOSO: ambiente costeiro formado por rochas. Encontra-se na transição entre os meios terrestre e aquático.

.... E ....

ESPÉCIE ABISSAL: seres que vivem na parte mais escura e profunda do oceano.

.... F ....

FITOPLÂNCTON: conjunto de plânctons vegetais.

.... G ....

GLÂNDULA OLFATIVA: órgão responsável pelo olfato, ou seja, pela capacidade de sentir cheiros.

.... H ....

HOSPEDEIRO: organismo que abriga outro em seu interior ou que o carrega sobre si.

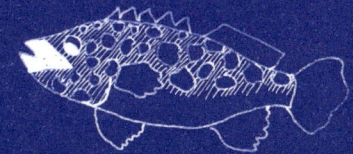

.... **I** ....

INVERTEBRADO: animal que não possui coluna vertebral.

.... **M** ....

METAMORFOSE: um ser vivo que sofre uma metamorfose muda completamente sua forma física. Um exemplo muito comum na natureza é o da lagarta que se transforma em borboleta.

MIMETISMO: um ser vivo que possui características que o confundem com um ser de outra espécie.

.... **N** ....

NADADEIRA: órgão responsável pela locomoção da maioria dos animais marinhos. Pode ser peitoral, dorsal, pélvica, anal ou caudal.

.... **P** ....

PARASITA: organismo que depende de outro para sobreviver, podendo viver dentro desse outro ser vivo (o **hospedeiro**), de quem obtém alimento.

PLÂNCTON: conjunto de organismos aquáticos, na maior parte microscópicos, que flutuam nos oceanos e são arrastados pelas correntes. São a base alimentar de muitas espécies marinhas e podem ser animal ou vegetal.

.... **R** ....

RECIFE DE CORAL: conjunto de corais. A barreira de corais da Austrália forma a maior estrutura viva do planeta.

.... **S** ....

SENSOR DE MOVIMENTO: órgão que detecta a presença de outros animais.

.... **V** ....

VENTOSA: órgão de fixação. São encontrados, por exemplo, nos tentáculos dos polvos e das lulas, os ajudando a capturar suas presas.

VERTEBRADO: animal que possui coluna vertebral.

.... **Z** ....

ZOOPLÂNCTON: conjunto de plânctons animais.

≈ REFERÊNCIAS BIBLIOGRÁFICAS ≈

AXELROD, Hebert R.; BURGESS, Warren E.; EMMENS, CLIFF. W. *Exotic Marine Fishes*. 5. ed. Nova Jersey: TFH Publications, 1979.

BEATTY, Richard et al. *Ocean: The World's Last Wilderness Revealed*. Londres: DK Publishing, 2006.

KEY WEST AQUARIUM (Estados Unidos, Flórida). "Tiger of the Sea". Disponível em: <www.keywestaquarium.com/barracudas>. Acesso em: 11 set. 2017.

MARINE BIO. Site. <www.marinebio.net>. Acesso em: 11 set. 2017.

NATIONAL GEOGRAPHIC. "Fish". Disponível em: <www.nationalgeographic.com/animals/fish/?source=animalsnav>. Acesso em: 11 set. 2017.

NATIONAL OCEANIC AND ATMOSPHERIC ADMINISTRATION (Estados Unidos). Site. <www.noaa.gov>. Acesso em: 11 set. 2017.

NOUVIAN, Claire. *The Deep: The Extraordinary Creatures of the Abyss*. Chicago: The University of Chicago Press Books, 2007.

REEF. 1. ed. Londres: DK Publishing, 2007.

SEA AND SKY. "The Deep Sea Anglerfish". Disponível em: <www.seasky.org/deep-sea/anglerfish.html>. Acesso em: 11 set. 2017.

ZUBI, Teresa. "The Frogfish". Disponível em: <www.frogfish.ch/frogfish.html>. Acesso em: 11 set. 2017.

SOBRE A AUTORA E ILUSTRADORA

Nasci e moro na cidade de São Paulo e me graduei em Educação Artística pela FAAP em 2008. Me apaixonei pelo fundo do mar ainda muito pequena. Esse ambiente fez parte de várias brincadeiras da minha infância. Muito tempo depois, quando já estava na faculdade de artes plásticas, pesquisando a formação de nuvens, tive a oportunidade de passar um tempo em Arraial d'Ajuda, na Bahia. Lá presenciei um evento em que uma enorme quantidade de algas se soltam do fundo do mar e vem parar na areia. Aquelas formações eram muito parecidas com as formações de nuvens que eu estava pesquisando, então resolvi fotografar. Voltei para o ateliê com mais de trezentas imagens de algas e comecei a desenhar. Fiquei muito maravilhada com essas novas formas que estava estudando, então resolvi voltar para a Bahia para continuar a pesquisa. Em certo momento, conheci um homem que pediu para ver meus desenhos e acabei mostrando. Ele me perguntou se eu já tinha mergulhado, uma vez que só tinha desenho de seres marinhos no meu caderno. Quando respondi que não, ele rapidamente descolou um pé de pato e um snorkel e me levou para debaixo d'água. Ele me fez passar por dentro de uma pequena caverna e fiquei rodeada de corais, esponjas, peixes e crustáceos. Foi nesse momento, quando vi o ecossistema marinho ao vivo, com meus próprios olhos, que tive certeza de que era daquele lugar deslumbrante, mágico e misterioso que queria falar. A partir de então comecei a desenvolver minha poética artística. Hoje trabalho com desenhos e esculturas que procuram investigar o ecossistema marinho, evidenciando seres e suas formas exóticas, e problematizando a situação de risco em que os recifes se encontram.